動物園的兒童節

童 詩 童 畫 小 學 堂

詩 / 許赫

圖 / 九色芬

導讀 / 九色芬媽咪

作者簡介

許赫 Harsh Matt

　　本名張仰賢，就讀政治大學民族學系博士班，2000年開始在政大貓空行館BBS站張貼詩作。現為心波力簡單書店與斑馬線文庫出版社負責人。並在輔大藝術與文化創意學程擔任兼任講師。

　　出版詩集：《診所早晨的晴日寫生》、《原來女孩不想嫁給阿北》、《騙了50年》、《來電》等6本，正在進行五年10,000首詩的創作計劃。

九色芬Josephine

　　「我要畫畫！」曾經包著尿布往身上狂畫的小孩，依然喜歡畫畫，也積極拓展新奇領域。

| 獲獎紀錄 |

2012／小典藏兒童藝術月刊「明信片說故事」優選與佳作

2013／亞洲現代美術館「小小建築師之夢」榮獲展出

2015／「國際少兒書畫大賽」榮獲銀牌獎

2016／「全國學生圖畫書創作獎」榮獲甲等

2016／「東方娃娃第二屆兒童繪本大賽」榮獲三等獎

| 作品發表 |

2011~2017／發表於東森YOYO台、國語日報、國語週刊、人間福報、小典藏兒童藝
　　術月刊、未來兒童、未來少年等媒體的圖文創作超過50幅。

2013／《小孩好奇的事》

2015~2017／《童話運動會》系列四本

2015~2016／LINE貼圖──《童話運動會＊小矮棒篇》、《童話運動會＊小選手篇》、
　　《童話運動會＊樂園篇》、《呆妹呆弟＊生活用語篇》、《雀躍貓頭鷹＊師生專用》

| 創作展覽 |

參與過11次聯展、6次繪畫個展，代表展覽：

2014／典藏創意空間舉辦「九色芬繪本個展」

2016／心波力書店舉辦「童話運動會──九色芬童畫展」

2017／伊森咖啡舉辦「大叔風×少女派──九色芬童畫展」、淡水紅樓舉辦「小少女
　　的夏天──九色芬變形記」

九色芬媽咪 Josephine's mom

　　現職為小孩的跟屁蟲，暫時放下文字工作，全年無休聽候差遣。

　　2008全球華人部落格大獎入圍「年度最佳親子家庭部落格」之後，大多忙著書寫
與小孩有關的事。

　　Email:ideafun62@gmail.com

我喜歡《動物園的兒童節──童詩童畫小學堂》

林煥彰

在一開始，我就覺得這本書，是很特別，九色芬的媽咪在〈前言〉的導讀就開宗明義的說：

> 小學生以為，詩是拿來背的，不曉得詩是盾牌，放在胸前很有用，可以用來保護脆弱的心靈，表達對世界的感受。
>
> 中學生以為，詩是拿來抄的，不明白詩是刀叉，握在手中很有用，可以用來解剖各科目謎題，拿下作文六級分。
>
> 很多人以為，詩是拿來悶的，不知道詩是通道，連結心意很有用，可以用來交朋友、談戀愛，建立合作關係⋯⋯。

你想想看，是不是很有意思？很有道理？是的，我就被她說服了，心動了！

許赫是這本詩集的主人（作者），他是一位獨特的、愛搞怪的、優秀的年輕詩人；他的搞怪是有理的，因為他的腦筋愛搞怪，所以他寫的詩，會有獨特的、全新的想法、全新的創意；詩，就是要有創意，要有絕對的跟別人不一樣的創意。

　　九色芬為這本詩集畫畫，她是位小朋友，她的畫就是純真的兒童畫，保證又純又真又有趣的，許赫才會挑中她來為他的詩加分。當然，九色芬媽咪也是很厲害的，很優秀、很特別的，她幫詩人許赫的獨特、搞怪的詩，為讀者導讀、解惑；因此，他們把這本書組合成一個非常完美、非常輕鬆、非常有趣的「童詩童畫小學堂」，變成大人小孩、人人都不必經過考試，就可以進去讀一讀，保證讀了之後既開心又長智慧……。

　　我喜歡，我非常喜歡。

（2018.05.10／06:20研究苑）

推薦短語

林加春 老師說：

　　詩畫是賞心悅目的創作，「詩中有畫，畫中有詩」的境界是許多創作者追求的目標。很高興發現這本散發著可愛童趣的詩畫集，正朝著這個方向努力。

盧怡方 老師說：

　　許赫把日子寫進詩裡，

　　用詩表達、用詩記錄、用詩鬥嘴、用詩生活；

　　九色芬媽咪解析童詩，

　　讓詩變得親切，原來寫詩只比反掌難一點；

　　九色芬畫圖配詩，

　　勾勒出兒童看詩的視野，提點出詩裡更多滋味。

詹明杰 老師說：

　　這本《動物園的兒童節——童詩童畫小學堂》會讓已看膩當前現代詩者，得到他們不知道但欠缺的真實。

　　像岩縫的初泉，使人記憶自我最原始的滋味。又或是整岸蘆葦小穗都已開好花的首波金風，那種全面性地搖晃才叫好看。你準備好回去了嗎？我已經啟程了！

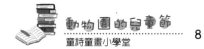

前言

時尚溝通術——小詩&小畫

導讀：九色芬媽咪

　　小學生以為，詩是拿來背的，不曉得詩是盾牌，放在胸前很有用，可以用來保護脆弱的心靈、表達對世界的感受。

　　中學生以為，詩是拿來抄的，不明白詩是刀刃，握在手中很有用，可以用來解剖各科目謎題，拿下作文六級分。

　　很多人以為，詩是拿來悶的，不知道詩是通道，連結心意很有用，可以用來交朋友、談戀愛，建立合作關係。

　　詩不是虛無縹緲的藝術創作，在以秒計速的科技時代，小詩的快狠準特別有用，比大詩的鞭長莫及更有力道。

　　詩，好不好吃？許赫舉個例子，給你嘗嘗味道。

　　臉書上放一張照片，寫著：「這道菜，非常好吃。」沒什麼感覺，沒什麼人按讚。

　　臉書上同一張照片，寫成：「這道菜，如春天的夕陽。」很有感覺，很多人跑來按讚，上門指名要吃這道菜，帶動總營業額飆升，投資客要求加盟展店。

　　你說，詩，好不好用？

在當代，文字能力，是在求學時期就要培養的求生技能，文字敏銳度越小培養越好，讀詩、寫詩，是最好的訓練，把文字當遊戲，讓別人覺得你有深度、有幽默感，深具說服力。

以前的人用字講求「言簡意賅」，用最少的句子表達完整的意思，現代的人贅字虛詞很多，頂多只有「言簡」，沒有「意賅」，讓人感到說話空洞、沒有內涵，缺乏說服力。

舊時代靠語言溝通，有聲音、音調的補充，有表情、手勢的輔助，就能散發個人魅力；當代全靠文字溝通，Email、Line、Facebook，簡訊、考卷、報告，無法迅速使用文字應對，自然會被時代打擊出去，Out！

那，如何寫一首小詩呢？

當代的李白，職業為「詩人」的許赫，寫詩是全身心二十四小時的功課，一年三百六十五天開機，沒寫的日子是當機，不當詩仙的一般人，看完這本詩集，只要按照許赫示範的三個步驟、六種修辭，輕輕鬆鬆就能完成一首小詩啦！

詩，是當代人必備的溝通術、求生技、遊戲力。

請記住，事件、刪減、修辭，三個步驟照順序。

排比、意象、象徵、比喻、對偶、精確，六種修辭法輪著用。

許赫老師教九色芬：「寫詩的第一件事，是面對自己。」

九色芬才恍然大悟：「難怪很多人不會寫詩。」

寫詩，就是說出你的真心，畫畫也是一樣，忠於你的率性，精妙小詩幾句、犀利小畫一張勝過萬語千言。

67　🖊　**共同創作**

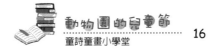

動物園的兒童節

童詩導讀

歡迎光臨，許赫的動物園。

我和孩子跟著詩的腳印走，穿過非洲區、熱帶雨林到溫帶動物區，然後大人小孩都累了，坐進可以快速點餐的麥當勞。

媽媽生氣的模樣被擺到某個動物觀賞區，臉部特寫被自動配音，吼！

〈動物園的兒童節〉

非洲區有獅子
熱帶雨林區有鱷魚
溫帶動物區有黑熊
麥當勞有咆哮的媽媽

這首詩使用「排比」修辭，從熟悉的節奏中，擴大童言童語的氣氛，一二、一二、一二、一二三，第四句鋪著綠葉的陷阱，前三句同樣是「哪裡」有「什麼」，名詞加名詞，最後一句多了「咆哮」的形容詞，就可以害人一腳踩空，從遠方回到現實，是啊，對小孩來說，失控的媽媽比關在欄杆裡的猛獸還可怕！救命呀！媽呀！

許赫的動物園裡，有大象、有月亮，有加油站、有高樓大廈，還有很多人。

〈袋鼠阿桑〉經過排比，阿桑奔波的身影被描繪成具象的袋鼠，透明而沉甸甸；

〈記憶植入〉也運用排比，上演爸媽使喚兒女智取家裡昆蟲的戲碼，迂迴而笑盈盈；〈跟著腳印走〉、〈心愛的人怎麼還沒來〉、〈公主病〉、〈23樓〉這些詩句裡的魔幻情節，都是親子間的家常對話，經過詩人巧思排列，市井雜音變身警鐘樂音，彈奏出生活中的難言之隱，太多事小到不知道怎麼說，但在〈男孩的晚安故事〉中，沒說出來的部分最值得玩味，好玩的地方在於你我嘗到的味，極可能天南地北，你說甜蜜蜜，我嫌酸溜溜呢！

謝謝光臨，誰也逃不出去的動物園。

童畫故事

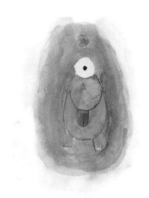

〈23樓〉

整棟大樓都是暗的
只有23樓亮著燈
兒子說像是
大怪獸的眼睛

九色芬：

　　詩裡面寫到大怪獸的眼睛是亮的，只有在23樓，所以呢，我很直覺在23樓的門牌下面有一隻大怪獸，就好像電燈一樣，非常大的眼睛才會很亮，怪獸還很調皮的吐出舌頭，然後看著我們說，嘿嘿，只有我會亮呵！

☆九色芬說完，換媽媽說……

九色芬媽咪：

　　媽媽呢，是一個會迷路的人，方向感不好，空間感不好，看到一棟大樓只有23樓亮著燈的文字，心想，孩子會畫密密格子的大樓，然後打亮小小一格嗎？哪曉得，孩子直接畫一隻怪獸，眼珠子那麼大顆在畫面中央吸睛，寫上23就直達高樓，在夜裡，朝人們扮鬼臉。

　　孩子的心思單純，容易一眼抓住重點，不費力氣的去蕪存菁，媽媽真羨慕妳，看似簡單卻不簡單的本能。

童詩童畫

動物園的兒童節

非洲區有獅子

熱帶雨林區有鱷魚

溫帶動物區有黑熊

麥當勞有咆哮的媽媽

袋鼠阿桑

暑假

早上八點送兒子去學校打球

早上十點接兒子然後

一起去公司

一起工作

一起開會

一起午餐

一起見客戶

一起上課

一起做輔導

一起打電動

一起回阿公家

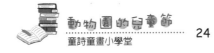

動物園的兒童節
童詩童畫小學堂

男孩的晚安故事

從前從前

有三隻小豬

爸爸豬

媽媽豬

妹妹豬

記憶植入

媽媽（63年次），大叫，有蟑螂，好噁心

小泡麵（100年次），大叫，有蟑螂，好噁心

不良爸爸（63年次），大聲說，小泡麵，你以前很喜歡抓蟑螂來玩

小泡麵（100年次），疑惑，偏腦袋說，沒有吧

不良老爸（63年次），堅定，慢慢說，有，你很喜歡抓蟑螂

小泡麵（100年次），動搖，偏腦袋說，我不記得了

不良老爸（63年次），偷笑，繼續慢慢說，有，

我們家太久沒有蟑螂你忘記了

小泡麵（100年次），眼睛發光說，我可以抓嗎

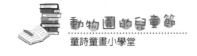
跟著腳印走

蝴蝶和大象是好朋友

他們約好要去散步

但是大象功課沒有寫完

蝴蝶先出發了

大象出門又回來

問媽媽怎麼才能找到蝴蝶

大象媽媽說

只要跟著蝴蝶的腳印

就能找到他的去向

大象低著頭

找了一個下午

都沒有找到蝴蝶的腳印

在一個湖邊

大象遇到散步回來的蝴蝶

大象馬上懂了

媽媽要我跟著腳印找你

但是你用飛的

你沒有腳印

害我找你整個下午

蝴蝶說不對不對

大象媽媽沒有錯

只是你不應該低頭找

要抬頭找

我的腳印

留在雲的上面

23樓

整棟大樓都是暗的
只有23樓亮著燈
兒子說像是
大怪獸的眼睛

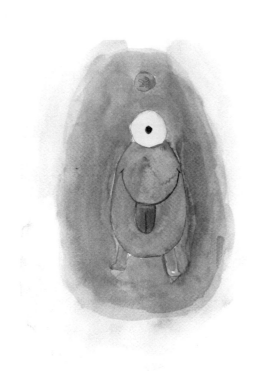

心愛的人怎麼還沒來

月亮先生本來想要騎摩托車

載心愛的兔子小姐

到陽明山看夜景

租車公司提醒

應該先騎摩托車去加油

因為月亮先生頭太大卡在加油站的關係

到天亮了還在那裡

消防隊小心切開

加油站的鐵皮屋頂

月亮先生表示非常不好意思

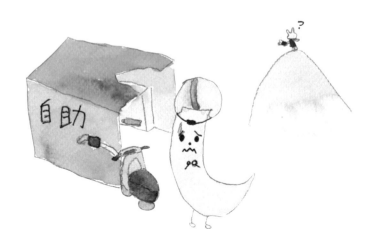

公主病

為了女兒讀幼稚園的

人際關係做準備

我們開始不合作運動

我是小公主對不對

你是小松鼠

我是小公主

你是小老鼠

我是小公主

你是小蜥蜴

我是小公主

你是小瓢蟲

我

什

麼

都

不

是

很棒

那你是誰

我只是小公主而已

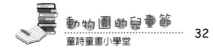

台妹的考驗

童詩導讀

　　歡迎參觀，許赫與小泡麵的遊樂園。

　　作為民主時代的台式父親，許赫依偎在女兒身邊，一邊擠進小小的眼框，看見孩子眼中的新奇世界，驚喜交雜，哭笑不得，一邊戴著大大的眼鏡，保持成人的清醒角度，左右切換，虛實重疊，一不小心就流露出未來的擔憂，這是台妹也是台爸的考驗。

　　爸爸、爸爸，出自小女兒嘴裡的甜言蜜語，鐵漢似的父親怎硬得起心腸，被騙也甘心呀！

〈詐騙老梗〉

爸爸
我可以吃軟糖嗎
我最愛爸爸了

　　一首詩三句話，每句話都是軟綿綿的，詩人用「意象」修辭，將甜絲絲的感受，一句、一句的送進讀者心中，嘴角像吃了軟糖般的忍不住上揚，頻頻點頭，嗯，這個詐騙老梗，萬年有效。

　　「象」是實象，摸得到、看得到的景色、物品，「意」是心意，摸不到、看不見

的念頭、情緒，隱身在實象後面的心意才是真相。詩人最厲害的招式，就是每句話看起來都平凡無奇，但疊起來的「意象」令人拍案叫好，留下深刻印象或強烈感受。

　　好詩的字句不一定能銘記在心，但好詩的氣味一定是揮之不去，〈詐騙老梗〉的甜，〈台妹的考驗〉的台，〈愛是一種風潮〉的潮，〈為了你好〉的冰，〈甜美的復仇〉的黏，〈快意〉的飛，〈幸福的孩子〉的喜，〈人戲〉的饞，〈回家作業〉的樂，〈妹妹要扣釦子〉的痴，每一瞬間都以詩定格，凝結了天真與美麗的童心，以及父愛。

　　銘謝惠顧，小泡麵　人獨大的遊樂園。

哏、梗

　　滑稽的言詞或動作，相聲裡惹笑的橋段，就是「哏」，ㄍㄣˊ二聲哏。

　　ㄍㄥˇ二聲梗，「梗」的意思很多，葉梗、梗概、作梗、梗直，因為綜藝節目誤將「哏」講、寫成「梗」，久而久之，「梗」又多了笑料或點子的意思。

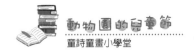
童畫故事

〈愛是一種風潮〉

帥氣的小明說我最喜歡小泡麵
小泡麵呢
小泡麵有點喜歡小明
但是小泡麵最喜歡王俊權
班上所有女生都喜歡王俊權
小泡麵不想輸人家

九色芬：

小泡麵呢？

我把她幻想成日本拉麵的可愛的小泡麵，所有的角色跟著小泡麵的風格走，都變成了食物王國的子民，冰棒喜歡布丁，糖果喜歡布丁，小泡麵也喜歡布丁，可是有一碗麵喜歡小泡麵。

☆九色芬說完，換媽媽說……

九色芬媽咪：

小孩真直接！

綽號叫小泡麵，直接畫上泡麵頭，熱呼呼、香噴噴的造型與色彩，配上小手小腳真是萌，可愛氣質神似小泡麵本人。

小泡麵的內心戲，用兩個圖框表示，面對帥氣的小明和受歡迎的王俊權，應該選哪個呢？看來，小泡麵用愛心投票，選擇了人多的那一邊。

童詩童畫

台妹的考驗

多年以後

有個叫阿樂的

跟小泡麵告白好幾次

每次告白小泡麵就叫阿樂送她回家

他們會穿過一個傳統市場

有一個賣雞鴨鵝的攤子

掛著一個招牌上面寫

很台的啊

他們走過去的時候

沒有發生任何事

這次告白的時候

小泡麵還是叫阿樂送她回家

他們穿過同一個傳統市場

經過賣雞鴨鵝的攤子

經過那很台的啊招牌

阿樂忽然笑得很開心

小泡麵就跟他在一起了

為了妳好

女兒的

冰淇淋融化了

在甜筒四壁

走成喀斯特痕跡

我跟女兒說

老爸幫妳

老爸幫妳吃掉

女兒搖頭

冰淇淋融化

滴得手跟衣服到處都是

被媽媽修理

愛是一種風潮

帥氣的小明說我最喜歡小泡麵

小泡麵呢

小泡麵有點喜歡小明

但是小泡麵最喜歡王俊權

班上所有女生都喜歡王俊權

小泡麵不想輸人家

詐騙老梗

爸爸

我可以吃軟糖嗎

我最愛爸爸了

回家作業

女兒的幼稚園老師

為小朋友設計了一個回家作業

撕碎色紙

拼貼美麗的圖畫

女兒很開心

撕碎所有的色紙

唱著歌跑掉了

是魔法

女兒說

爸爸讓我幫你加速

我心裡偷偷笑她在講什麼傻話

女兒說

爸爸讓我幫你加速

她站在機車

龍頭與座椅之間的置物區

我心裡偷偷笑她在講什麼傻話

女兒說

爸爸讓我幫你加速

我告訴她我們趕時間

正需要她的幫忙

我心裡偷偷笑她在講什麼傻話

女兒說

爸爸讓我幫你加速

然後她身體向前傾斜

頭擺得更低

然後她感覺到更多的風搓揉她的臉

聽見他們發出爽朗的咯咯笑聲

幸福的孩子

女兒問

為什麼月亮跟著我們走

我說月亮離我們很遠

有38萬4千4百公里那麼遠

我們身邊的東西會離開

月亮離我們太遠了

所以看起來沒有離開

讓我們以為

是他跟著我們走

女兒說

爸爸你亂說

月亮跟著我們走

是因為喜歡我

甜美的復仇

父親惡狠狠的

要女兒擦鼻涕

女兒跑過來

給爸爸抱

然後把鼻涕都蹭在爸爸襯衫上

妹妹要扣釦子

晚上
女兒一直跑來找我說
妹妹要扣釦子
她穿了一件有鈕釦的背心
並且已經扣好了釦子

妹妹最近迷上扣釦子
她說妹妹會自己扣釦子
然後開始表演扣釦子
晚上
女兒一直跑來找我說
妹妹要扣釦子

她穿了一件有鈕釦的背心
並且已經扣好了釦子

然後把手上的樂高小娃娃塞給我

那是個塑膠射出的小女孩

那是個穿外套的小女孩

樂高公司

芯記幫她扣釦子

入戲

我們有七個立體拼圖

妹妹要組哪一個

耶誕節小屋？

風車磨坊？

甜點店？

童話屋？

糖果攤子？

冰淇淋店？

我要吃我要吃

一刀流

童詩導讀

　　進來隨意坐，許赫與小牛的任天堂。

　　小牛騎在爸爸腿上，啊～～的不講話，我在旁邊看了一會，問小牛要幹嘛？許赫說他要玩電動，爸爸肩負家長責任，不能輕易答應，但又身兼玩伴，十分同情煎熬，父子之間的扭打練習、纏鬥教育，最怕施力不當誤傷了孩子，還有父親的玻璃心。

〈一刀流〉

　　兒子這輩子第一次期末考
　　國語94分數學90分
　　我說了好可惜
　　馬上發現講錯話了
　　希望不會在他心裡
　　留下一道疤

　　一道疤代表無形的傷害，使用「象徵」的修辭法，以具象的事物間接表現無形的某事某物。

　　「象徵」有兩款，一款是全球暢行的通用款，一款是地區限行的特定款，刀、疤代表的傷害，是通用象徵，尼泊爾的搖頭代表同意，是特定象徵，因為，全世界其他

地方的人都不會同意，搖頭代表同意。

〈具體的說出來〉、〈男孩的童謠〉、〈網路輿論的虛幻品質〉 是父子間的共同感受，父問子答，由兒子說出父親的心裡答案，〈祕密〉、〈數學不好從來不是計算問題〉、〈手牽手會懷孕嗎〉、〈密技〉、〈扭曲的教育〉碎碎唸了一堆，也不直接講是什麼，但整首詩讀完就會知道答案，詩是一項魔術特技，詩人熟練的為隱形蟲披上象徵的外衣，讓內心細微的情感騷動，變得具體鮮明而清晰可見。

慢走不送了，許赫和小牛正忙著對戰呢！

童畫故事

〈具體的說出來〉

兒子要打電動
我也要玩啦其實
所以我說你不要打電動
對你不好
兒子發脾氣踢椅子
我問他為什麼要玩
兒子說就是喜歡玩
有比較具體的原因嗎
沒有就是很想玩
如果不能玩有什麼感覺
痛苦的感覺
有比較具體的感覺嗎
感覺很沮喪
然後我們一起打電動

九色芬：

　　取出重點──「打電動」，前面不准兒子打電動，後面跟兒子一起打電動，我把不一樣的轉折點，「拿遙控器和打電動的神情」畫出來。

☆九色芬說完，換媽媽說……

九色芬媽咪：

　　這張插圖的鉛筆稿，一開始是畫爸爸和兒子的背影，九色芬一直苦惱電視機的畫面上，要畫哪一款電動遊戲？想來想去，把人和電視機的位置調換，畫出爸爸和兒子的正面，以及電視機的背影。

　　媽媽只會在畫出來之後，涼快的說：「對咩、對咩！這樣就有重點了。」

童詩童畫

一刀流

兒子這輩子第一次期末考

國語94分數學90分

我說了好可惜

馬上發現講錯話了

希望不會在他心裡

留下一道疤

具體的說出來

兒子要打電動

我也要玩啦其實

所以我說你不要打電動

對你不好

兒子發脾氣踢椅子

我問他為什麼要玩

兒子說就是喜歡玩

有比較具體的原因嗎

沒有就是很想玩

如果不能玩有什麼感覺

痛苦的感覺

有比較具體的感覺嗎

感覺很沮喪

然後我們一起打電動

手牽手會懷孕嗎

兒子從抽屜裡翻出一把墨鏡

帶著到處跑覺得很帥

被我一把抓住

摘下墨鏡

兒子驚訝問我這不能戴嗎

我表示要戴上看看有沒有度數

戴有度數的眼鏡對眼睛不好

實驗結果沒有度數

把墨鏡還給兒子

兒子接過墨鏡小聲的

偷偷的問

你戴過的墨鏡會害我近視嗎？

男孩的童謠

媽媽回來了沒有

媽媽回來了沒有

如果媽媽還沒有回來

你就可以看卡通

媽媽回來了沒有

媽媽回來了沒有

如果媽媽還沒有回來

你就可以打電動

如果媽媽還沒有回來

你就可以看卡通

數學不好從來不是計算問題

小明有5顆柳丁

小華比小明多3顆柳丁

那麼小華有幾顆柳丁

看到多就用加法

5+3=8

小華有8顆柳丁

答對了

好棒

興華有7枝筆

興華比建國多2枝筆

建國有幾枝筆

看到多就用加法

7+2=9

建國有9枝筆

答錯了

阿呆

密技

幫兒子洗澡很討厭
洗頭的時候
水會跑進耳朵
水會跑進眼睛
他就大哭大叫

我們試了幾個方法
把毛巾對折兩次
剛好可以蓋住眼睛與耳朵
沖水超舒服

現在常常幫兒子洗澡
感情超好
毛巾四折是洗頭沖水的密技
幫兒子洗澡是
負責任的爸爸的密技

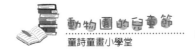
扭曲的教育

兒子幼稚園中班開始

班上流行打來打去遊戲

兒子幼稚園大班以後

小男生持續流行打架遊戲

兒子常常打輸

我們從日本拳擊漫畫

找到一種防守姿勢

可以遮住全身各處要害

我們一有空就練習

老爸喊一聲防守

兒子擺出防守姿勢

老爸喊變強變強變強

開始海扁兒子

兒子喊變強變強變強

身體擺來擺去閃躲拳頭

有一個路人問我

為什麼要海扁你兒子

兒子搶先說

因為我要變強

祕密

小牛每天早上

走進盥洗室

尿尿洗手刷牙洗臉

然後坐在餐桌上吃早餐

小牛這天早上

走進盥洗室

洗手刷牙用漱口水漱口洗臉

然後坐在餐桌上吃早餐

網路輿論的虛幻品質

兒子打開一款手機遊戲

恐龍獵人操作簡單

左右滑動閃躲

上下滑動攻擊

兒子看完一遍

快樂地捧著手機跑開

兒子一直玩得很盡興

戰鬥時大聲吆喝

勝利時歡呼

最後兒子玩膩了把手機還我

我問他好不好玩

他說我是恐龍

殺壞人

壞人一下子就死了

我每次都贏

很好玩

共同創作

童詩導讀

　　打擾了，鄰居的家。

　　家是運動場，隨時都在丟球、接球、傳球，要輪流、要輪流，哥哥坐到爸爸位子，妹妹站上媽媽位子，然後球不知道滾到哪去，全部亂了套，找球、找球、找到了球，各就各位，嗶嗶，裁判說你犯規，我沒有、我沒有，要輪流、要輪流。

　　許赫的詩，行文在有條有理的生活中，冷不防就Ｋ中我，成為思緒翻騰的混亂開端。

　　　〈共同創作〉

　　　爸爸說哥哥是麵包臉
　　　哥哥說爸爸是肉丸臉
　　　爸爸說妹妹是饅頭臉
　　　妹妹說自己是軟糖臉
　　　哥哥說媽媽是熱狗臉
　　　妹妹說媽媽是柚子臉

　　全家人的臉，經過「比喻」的修辭法，輪流變成麵包、肉丸、饅頭，全都好好吃啊，看起來像餐桌上面對面的共同創作。

　　說 A 像 B，就是比喻，像連連看遊戲，用一個共同點將兩者不同事物連起來。

　　「弟弟像飯桶」，只要五個字，生動又簡潔，比喻弟弟很會吃，肚子像飯桶一樣大，裝得下很多飯。

　　〈共同創作〉、〈我的家人〉、〈懊悔〉、〈這才是詩〉、〈兩個大笨蛋〉、〈走春〉、〈冷氣團忽然來訪〉、〈學校教育的病毒感染〉這些詩，字面上沒有「好像」、「如同」、「彷彿」的明喻，但每首詩中充滿了隱喻，間接說出需要很多解釋的背後意思，比如：〈冷氣團忽然來訪〉中的媽媽作風，令人會心一笑，詩人也會把隱喻放在標題，比如〈懊悔〉、〈兩個大笨蛋〉，哈哈，被童言童語笑到都飽了。

　　謝謝招待，鄰居的家人們。

童畫故事

〈走春〉

　　爸爸說要去中山北路看教堂
　　媽媽說要去大潤發
　　哥哥說打電動一整天就好
　　妹妹說要去四號公園
　　我們先睡午覺
　　一直到晚上九點

九色芬：

　　這是爸爸媽媽夢寐以求的走春，色彩繽紛的被子，很有新年的新氣息，小孩們跟著爸爸媽媽躺在一張床上，一起夢中走春。

☆九色芬說完，換媽媽說……

九色芬媽咪：

　　走春的鉛筆稿，先畫出全家人的睡相，再畫大被子，畫著畫著，大被子被擦掉了，咦！為了露出每個人的腳，看清楚大人與小孩，九色芬把被子縮短了！

　　九色芬改來改去的過程，媽咪看得滿腦袋問號：「為什麼彩色稿，又變成長被子？」

　　九色芬羞澀一笑：「腳上色太麻煩了，畫被子比較快啦！」

童詩童畫

共同創作

爸爸說哥哥是麵包臉

哥哥說爸爸是肉丸臉

爸爸說妹妹是饅頭臉

妹妹說自己是軟糖臉

哥哥說媽媽是熱狗臉

妹妹說媽媽是柚子臉

我的家人

我的家裡有

爸爸媽媽

爺爺奶奶

曾祖母

妹妹呢？

太擠了畫不下去

讓她去公園玩溜滑梯好了

*他還沒出生，曾祖母與奶奶就過世了。

兩個大笨蛋

妳不要再學我說話了

你不要再學我說話了

很討厭耶

很討厭耶

不要再學了

不要再學了哈哈

臭妹妹

臭妹妹

哇

哇

哇哇

哇哇

厚

厚

再學我就揍妳

再學我就也揍你

哇

哇

啊我知道了

啊找知道了

我是大笨蛋

我是大笨蛋

哈哈妳說我是大笨蛋

哈哈你說我是大笨蛋

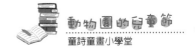
懊悔

早晨

女兒爆出持續不斷

轟隆隆的哭喊

為什麼都是哥哥先換衣服

要輪流

要輪流

要輪流

哥哥承諾

明天讓妹妹先換衣服

妹妹哭喊今天要先

哥哥冷冷要她早點起床

妹妹一直哭喊要輪流

直到十五分鐘以後她

忘記為什麼哭

才默默去

刷牙

學校教育的病毒感染

早餐

媽媽準備了

煎蛋火腿吐司巧克力牛奶

妹妹問有沒有肉肉

哥哥告訴妹妹

老師說以前的人很窮困

只有過年才能吃肉

一年只能大吃大喝一次

妹妹有感而發說

現在我們好幸福喔

每天都有得吃有得喝

這才是詩

哥哥畫了一棟房子

我們覺得好看

妹妹問哥哥

牆上的小長方形是什麼

哥哥說是窗戶

很大的窗戶

妹妹拿起筆把每個長方形裡面

加了十字

妹妹說這才是窗戶

哥哥錯愕無法言語

走春

爸爸說要去中山北路看教堂

媽媽說要去大潤發

哥哥說打電動一整天就好

妹妹說要去四號公園

我們先睡午覺

一直到晚上九點

冷氣團忽然來訪

媽媽幫兒子穿五件衣服

媽媽幫女兒穿四件衣服

媽媽幫爸爸穿三件衣服

媽媽自己只穿兩件衣服

媽媽在車上說好冷好冷

整條路都是甜點

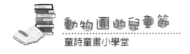
童詩導讀

　　當心兒童，請慢速通行。

　　〈整條路都是甜點〉由詩人開路，兒童不知道松高路，一聽到鬆糕路，莫明的歡欣，大人也垂涎如此甜美、誘人的鬆糕路，儘管香奈兒鬆糕、愛馬仕鬆糕，每一塊都「貴參參」的買不起，不然走進鬆糕誠品，買杯冰淇淋、買本書，嘗個甜頭也好哇！

　　新詩是自由的大腳丫，相對的，唐詩是受到聲韻、格式束縛的裹小腳，可是，隨心所欲不代表沒有修剪美化，只是較少用到兩兩相對的「對偶」修辭。

　　　一元復始　　萬象更新

　　「對偶」的結構、字數相當，字詞、字意都要變化，有長有短、各類句型的形式，最能呈現文言文的古典美，許赫的新詩則以動漫式口吻，發動了段落的「對偶」。

　　　〈鹹蛋超人的學園日〉（節選二段）

　　　老師您好
　　　我是小西瓜的媽媽
　　　他告訴我
　　　昨天小芋頭打他一下

您還沒處理
看我的
超高頻率13級暴風
嚕嚕嚕嚕嚕嚕嚕嚕嚕

老師您好
我是小蝌蚪的媽媽
您給我個期限
大漢堡什麼時候
才會轉去別班
看我的
超高分貝烈怒咆嘯
啊啊啊啊啊啊啊啊啊啊

　　〈鹹蛋超人的學園日〉以意思相近的對偶，誇張的演出家長的發威，〈多重標準〉、〈社會結構〉、〈讓專業的來〉、〈文化差異〉、〈鹹蛋超人的學園日〉、〈母親節〉在詩人的巧妙安排下，以意思相反的對比，創造出情節的反差，彷彿冥冥中不可擋的命運，叫人感觸良多。

　　特別一提，〈一罐養樂多〉這首詩，只以數字的排列、不規律的斷段，就讓讀者從1一起數到100當中，體會到大人的巧思、孩子的忍耐。

　　逆向行駛，反倒開出新詩路。

童畫故事

〈讓專業的來〉

細菌把牙齒蛀出
一個洞
牙醫為我照X光
抽神經
他有一整套先進的機器
麻醉針
強力水柱
電鑽
然後牙醫鑿出
一個更深更大的洞

九色芬：

　　我把牙齒畫成巨無霸，小小的細菌也被放大，為了讓觀眾看得清楚，細菌與牙醫合作無間，在病人的牙齒上打洞，鑽出越來越大的洞。

☆九色芬說完，換媽媽說……

九色芬媽咪：

　　這首詩形容了很多專業的醫療過程和設備，但孩子腦中只看到：「大大的蛀牙」，前面血流成河，後面有拿電鑽的醫生，雖然醫生看起來很溫和，整個場景讓人身歷其境，彷彿聽得到電鑽聲、聞得到消毒味，和自己嘴裡的血腥味。

童詩童畫

整條路都是甜點

台北市政府旁邊有一條

鬆糕路

上面有各種百貨公司、酒店與時尚

名牌的旗艦店

鬆糕誠品

鬆糕微風

鬆糕麗寶廣場

寒舍鬆糕

新光三越鬆糕店

香奈兒鬆糕

愛馬仕鬆糕

母親節

母親節

許多孩子回來

吃豐盛的母親節晚餐

母親燒的菜還是非常好吃

母親洗更多的碗

母親節快樂

社會結構

哥哥大班妹妹小班的時候

幼稚園規定八點半到校

因為爸爸媽媽熬夜爬不起來的緣故

總是九點才到

老師好說歹說耳提面命

始終無效成為幼稚園裡的頭痛人物

哥哥小學一年級妹妹中班的時候

小學規定七點半到校

因為爸爸媽媽熬夜爬不起來的緣故

哥哥總是八點才到

老師好說歹說耳提面命

始終無效成為班上的頭痛人物

妹妹每天八點十分之前到校

是班上最早到的

變成老師經常稱讚的好孩子

讓專業的來

細菌把牙齒蛀出

一個洞

牙醫為我照X光

抽神經

他有一整套先進的機器

麻醉針

強力水柱

電鑽

然後牙醫鑿出

一個更深更大的洞

一罐養樂多

1	15	29	42	56
2	16		43	57
3	17	30	44	58
4	18	31	45	59
5	19	32	46	60
6	20	33	47	61
7		34	48	62
8	21	35	49	63
9	22	36	50	64
10	23	37	51	65
	24	38	52	66
11	25	39	53	
12	26	40	54	67
13	27			68
14	28	41	55	69

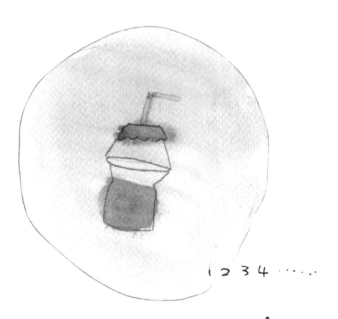

文化差異

我們盯孩子的寫字姿勢
怕他近視眼
帶小美女來書店學畫畫的
帥氣人,夫這樣說
大人怕近視小孩卻超愛
他們拚命想要近視
才能夠得到眼鏡

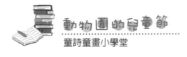

鹹蛋超人的學園日

老師您好

我是小泡麵的爸爸

她跟我說

中餐已經連續三天吃炒飯了

看我的

超高溫岩漿火焰

嘎嘎嘎嘎嘎嘎嘎嘎嘎

老師您好

我是小西瓜的媽媽

他告訴我

昨天小芋頭打他一下

您還沒處理

看我的

超高頻率13級暴風

嚕嚕嚕嚕嚕嚕嚕嚕嚕嚕

老師您好

我是小蝌蚪的媽媽

您給我個期限

大漢堡什麼時候

才會轉去別班

看我的

超高分貝烈怒咆嘯

啊啊啊啊啊啊啊啊啊啊

老師您好

我是大漢堡的爸爸

老師

老師

6

神愛世人

童詩導讀

注意落石，左側以及右側。

其實，人生路上充滿落石，平安的一天是幸運的意外，感謝神愛世人。

歲月消逝的感傷，被傻呼呼的孩子塞了笑嘻嘻的解藥，感謝神愛世人。

遠大的心願不如眼前的關卡緊急，救急先吧！咦！不然誰信神？這就是卑微的人性，呵呵。

〈神愛世人〉

求神幫助身體不好的媽媽

求神幫助脾氣不好的阿姨

求神幫助運氣不好的爸爸

求神幫助身材不好的伯伯

求神幫助口才不好的哥哥

求神幫助心情不好的姐姐

求神幫助歌聲不好的弟弟

求神幫助我電動已經卡關好幾天了

許赫的詩看起來沒什麼章法，其實熟練各種述事、修辭法，清楚明白的瞭然於心：任何技法都是為求「精準」。能將心意準確地交給另一顆心，才是厲害！〈再怎麼白癡的卡通都是老師〉一詩，許赫用（　）表示沒唸出來的默數，不需多做說明，讀者都懂了。

在詩人的眼裡，餐桌是詩，鼻涕是詩，練就一雙詩眼以後，無一不是詩，許赫老師教我們，寫詩不用挑時辰看日子，手油油的拿起餐巾紙就可以寫詩，寫詩只要能精準表達，不用在乎什麼格式教派。

看不見神的人，至少讀得到詩，心靈有詩依靠，感謝神愛世人。

歡迎來到，眾神遮陰的詩花園。

童畫故事

〈推下去〉

站在背後
站在盪鞦韆的背後
站在盪鞦韆小孩子的背後

九色芬：

　　小時候我最喜歡盪鞦韆，當有一個人站在背後是很可怕的事情，「推下去」，你可以把他想成兩個感覺，第一個是推倒小女孩，第二個是幫小女孩推鞦韆，所以，我就沒有畫背後的那個人是誰，他到底在做什麼，讓大家自己想像。

☆九色芬說完，換媽媽說……

九色芬媽咪：

　　媽媽很好奇，九色芬會在盪鞦韆的背後，畫上誰的形象？

　　不是家人，不是朋友，也不是路人，只畫了陰影，顯然，九色芬看懂了這首詩的雙重意思。

　　我和九色芬都很喜歡這首詩，短小精悍、寓意無窮，宛如一篇短篇故事。

神愛世人

求神幫助身體不好的媽媽

求神幫助脾氣不好的阿姨

求神幫助運氣不好的爸爸

求神幫助身材不好的伯伯

求神幫助口才不好的哥哥

求神幫助心情不好的姐姐

求神幫助歌聲不好的弟弟

求神幫助我電動已經卡關好幾天了

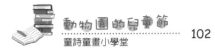
河流留不住自己的寂寞

一直往前走

往前走有一道樓梯

下樓梯會經過媽祖廟

廟前廣場又是樓梯

樓梯下面是渡口

有一條河

上游是童年

來不及前往就已經拆除的

兒童樂園

推下去

站在背後

站在盪鞦韆的背後

站在盪鞦韆小孩子的背後

再怎麼白癡的卡通都是老師

女兒說少年悍將的人皮獸很笨

他不會倒數

他說12345678910，9

又說123456789，8

還說12345678，7

再說1234567，6

再說123456，5

再說12345，4

再說1234，3

再說123，2

再說12，2

最後說1

他好好笑喔

女兒說我早就會倒數了

我數給你看喔

10

嗯（12345678910），9

嗯（123456789），8

嗯（12345678），7

多重標準

我的一個朋友是這樣的

我的一個朋友是這樣的

我的一個朋友是這樣的

對長官就事論事這是單一標準

對同事就事論事這是單一標準

對朋友就事論事這是單一標準

對老媽就事論事這是單一標準

對老婆就事論事這是單一標準

對女兒言聽計從這是雙重標準

對兒子勤管嚴教這是第三重標準

什麼時候出發呢

然後出生來到這世上

然後神奇的魔法世界消失了

然後長大

然後讀書

然後工作

然後然後

然後養家

然後然後

然後退休

然後死掉

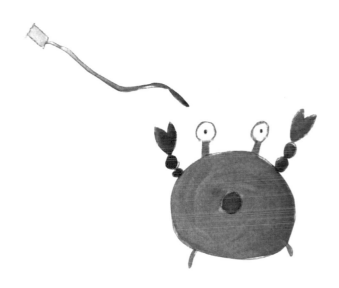

有禮貌的阿爸很好笑

接到一份詩集的完稿

我對著手機的語音輸入說

感謝

兒子想起一個順口溜

老爸說感謝

趕到一半變螃蟹

啊，憂愁的午后

晚上的小池塘邊

螢火蟲飛來飛去

聞風而來的遊客進進出出

我想帶老婆

和兩個孩子走政大的隱密山路

那裡的階梯會讓人走到翻臉

老婆會翻臉

兒子會翻臉

女兒會翻臉

我們大學時候都走到跟學長姐翻臉

詩／畫　教學

童詩小學堂

指導老師：許赫

親子組學生：九色芬&媽咪

一、事件

〈打報告事件〉

　　事情是這樣的，有一個小學生A，十點了還不睡，說要幫小組寫報告，可是，實驗數據在B組員手上，Y老師說不要逼B，害得A要捏造數據，然後，C組員的文字檔還沒傳來，媽媽說不要太晚打電話吵同學，幸好，C組員來電說現在才有空打字，A和C合力做出一份圖文並茂的假報告，讓四個人完成小組作業。

　　媽媽很想知道這項作業，在哪個環節出了問題，讓孩子不明就裡的學會交差了事，Y老師說明了教學流程，很肯定自己該說的都說了，只是，Y老師想保護學習弱勢的B，組員們不知道B早就把實驗數據弄丟了。

　　知道組員B早就把實驗數據弄丟了的Y老師，給這組學員成績打B，不知道這組學員會給Y老師的教學打幾分？

　　許赫老師說，**再複雜的情節，再微小的感覺，一個事件都要在十句內講完。**

　　於是，九色芬和媽咪抓住〈打報告事件〉中，最有感覺的那個點，一句一句往下寫。

老師強調：我至少講十遍了

什麼是報告格式？

學生還是不會寫

媽媽心想：我至少講十百遍了

什麼是物歸原位？

襪子玩具糖果紙還是住地下

重點來了重點來了

是學的人要聰明一點

還是教的人要厲害一點

二、刪減

許赫老師說，**詩沒有過場，可以有細節。**

只有a到b，中間充滿了想像空間，這就是詩迷人的地方。

所以，九色芬和媽咪著手刪除過場，要從九句縮減到六句以內。

媽咪：「我覺得九句都是重點。」

九色芬：「最後三句更是重點。」

媽咪：「我們要找出沒有它，也不會影響全意的句子。」

九色芬：「好，我先去睡了，明天再來看妳刪哪幾句。」

媽咪：「……。」

第二天，九色芬同意刪了三句。

　　老師強調：我至少講十遍了
　　媽媽心想：我至少講十百遍了
　　襪子玩具糖果紙還是住地下

　　重點來了重點來了
　　是學的人要聰明一點
　　還是教的人要厲害一點

　　哇！變得簡單明瞭，有許赫老師的風格吧。

三、修辭

　　許赫老師說，**修辭法有幾十種，細分之後上百種，初學者只要會用六種就夠了**，1排比、2意象、3象徵、4比喻、5對偶、6精準，以蛋糕來做比方，1排比是蛋糕的造型，2意象是蛋糕的氣味，3象徵是蛋糕的既有形狀、味道和用途，4比喻、5對偶都是蛋糕上的裝飾，也決定了蛋糕的味道，6精準就是蛋糕的美味，寫詩當然要精準，做蛋糕當然要好吃，讓人忍不住一口接一口，再來一首。

　　1排比是最容易學、效果又好的修辭法，4比喻很容易學，但不容易做到6精準，5對偶、3象徵、2意象需要練習與技巧，尤其是後者，2意象是詩的靈魂，但詩人不說他的意，而是用象來表達，小說家也不說他的意，而是用故事來表達，散文家才會將意說出來，細述滿懷的心情與感動。

　　〈嘴巴好累〉的兩段詩都用了1排比，排比修辭加入相同數字，讓節奏感更輕

快，記憶點更突出，峰迴路轉的過程濃縮為一句意象，表示不管誰講幾遍，「襪子玩具糖果紙還是住地下」。

　　九色芬說，這首詩缺標題，我來想一個，還有，十百遍聽不太懂，改成十萬遍比較好。

　　〈嘴巴好累〉

　　　老師強調：我至少講十遍了
　　　媽媽心想：我至少講十萬遍了
　　　襪子玩具糖果紙還是住地下

　　　重點來了重點來了
　　　是學的人要聰明一點
　　　還是教的人要厲害一點

標題，有如小詩的眼睛，小詩的翅膀。
說明來解釋去，大人「嘴巴好累」，小孩依然沒學會。
至於眼神是矇矓還是明亮，翅膀是蝶翼還是火箭炮，就看小詩想帶人去哪兒玩了。

童畫小學堂

示範小老師：九色芬

一、主角

〈嘴巴好累〉，有兩位主角，一位是老師，一位是媽媽。

我會先大致了解這首詩要表達什麼，**直覺性的抓出輪廓、找出主角**：老師在跟媽媽解釋，老師把話說出來了，媽媽在心裡反駁。

二、配件

當主角確定之後，還要加上配件，才能用畫面說清楚事件。

我會去觀察轉折點，技巧性的取出精華：襪子、玩具、糖果紙，證明媽媽的嘴巴好累；我本來想畫裝聰明的「書呆子」，後來改成內容空空、為自己感到擔憂的「報告紙」，直接證明老師說的話「沒有用」！

三、剪貼

在一張紙上，**把各種想法拼在一起，要有主、副之分。**

第一次構圖，配件全部都擠在一邊，不適合用在兩個人吵架的場面。

第二次構圖，就像大秤一樣，有對立的兩邊，吵架起來才有張力。

童詩童畫小藝廊

示範小老師：九色芬

詩與畫的構圖，需要默契的搭配。

將詩句巧妙的穿插在畫中間，

可以用列印字代替手寫，

讓字輕鬆的煥然一新，

可以用拍照，比較不同擺法，

要注意兩件事，

一、不要急著把字黏上去，要排排看，

二、不能只顧好看，要讓讀者看得懂順序。

兒童文學 39　PG1971

動物園的兒童節
──童詩童畫小學堂

詩／許赫
圖／九色芬
導讀／九色芬媽咪
責任編輯／徐佑驊
圖文排版／楊家齊
封面設計／葉力安

出版策劃／秀威少年
製作發行／秀威資訊科技股份有限公司
114 台北市內湖區瑞光路76巷65號1樓
電話：+886-2-2796-3638
傳真：+886-2-2796-1377
服務信箱：service@showwe.com.tw
http://www.showwe.com.tw

郵政劃撥／19563868
戶名：秀威資訊科技股份有限公司
展售門市／國家書店【松江門市】
104 台北市中山區松江路209號1樓
電話：+886-2-2518-0207
傳真：+886-2-2518-0778

網路訂購／秀威網路書店：https://store.showwe.tw
國家網路書店：https://www.govbooks.com.tw
法律顧問／毛國樑　律師

總經銷／聯寶國際文化事業有限公司
地址：221新北市汐止區康寧街169巷27號8樓
電話：+886-2-2695-4083
傳真：+886-2-2695-4087

出版日期／2018年6月　BOD一版　**定價**／350元
ISBN／978-986-5731-88-5

秀威少年
SHOWWE YOUNG

國家圖書館出版品預行編目

動物園的兒童節：童詩童畫小學堂 / 許赫詩；
九色芬圖.九色芬媽咪導讀 -- 一版. -- 臺北
市：秀威少年, 2018.06
　　面；　公分. -- (兒童文學 ; 39)
BOD版
ISBN 978-986-5731-88-5(平裝)

859.8　　　　　　　　　　107008064

讀者回函卡

感謝您購買本書，為提升服務品質，請填妥以下資料，將讀者回函卡直接寄回或傳真本公司，收到您的寶貴意見後，我們會收藏記錄及檢討，謝謝！

如您需要了解本公司最新出版書目、購書優惠或企劃活動，歡迎您上網查詢或下載相關資料：

http:// www.showwe.com.tw

您購買的書名：＿＿＿＿＿＿＿＿＿＿＿＿＿＿＿＿＿＿＿＿＿＿＿＿＿＿

出生日期：＿＿＿＿年＿＿＿＿月＿＿＿＿日

學歷：□高中 (含) 以下　　□大專　　□研究所 (含) 以上

職業：□製造業　□金融業　□資訊業　□軍警　□傳播業　□自由業　□服務業　□公務員　□教職
　　　□學生　□家管　□其它＿＿＿＿＿＿＿＿＿＿＿＿＿＿

購書地點：□網路書店　□實體書店　□書展　□郵購　□贈閱　□其他

您從何得知本書的消息？

　　□網路書店　□實體書店　□網路搜尋　□電子報　□書訊　□雜誌　□傳播媒體　□親友推薦
　　□網站推薦　□部落格　□其他＿＿＿＿＿＿＿＿＿＿＿＿

您對本書的評價：（請填代號　1.非常滿意　2.滿意　3.尚可　4.再改進）

　　封面設計＿＿＿　版面編排＿＿＿　內容＿＿＿　文／譯筆＿＿＿　價格＿＿＿

讀完書後您覺得：

　　□很有收穫　□有收穫　□收穫不多　□沒收穫

對我們的建議：＿＿＿＿＿＿＿＿＿＿＿＿＿＿＿＿＿＿＿＿＿＿＿＿＿＿

＿＿＿＿＿＿＿＿＿＿＿＿＿＿＿＿＿＿＿＿＿＿＿＿＿＿＿＿＿＿＿＿＿

＿＿＿＿＿＿＿＿＿＿＿＿＿＿＿＿＿＿＿＿＿＿＿＿＿＿＿＿＿＿＿＿＿

＿＿＿＿＿＿＿＿＿＿＿＿＿＿＿＿＿＿＿＿＿＿＿＿＿＿＿＿＿＿＿＿＿

11466
台北市內湖區瑞光路 76 巷 65 號 1 樓

秀威資訊科技股份有限公司　　收

BOD 數位出版事業部

....

（請沿線對折寄回，謝謝！）

姓　　名：＿＿＿＿＿＿＿＿＿＿＿＿＿　年齡：＿＿＿＿＿　性別：□女　□男

郵遞區號：□□□□□

地　　址：＿＿＿＿＿＿＿＿＿＿＿＿＿＿＿＿＿＿＿＿＿＿＿＿＿

聯絡電話：(日)＿＿＿＿＿＿＿＿＿＿＿　(夜)＿＿＿＿＿＿＿＿＿＿＿

E-mail：＿＿＿＿＿＿＿＿＿＿＿＿＿＿＿＿＿＿＿＿＿＿＿＿＿